# 高家胡同
## GAO JIA HUTONG

高发奎 著

群言出版社
QUNYAN PRESS

·北京·

图书在版编目(ＣＩＰ)数据

高家胡同 / 高发奎著. -- 北京：群言出版社，2020.11
ISBN 978-7-5193-0624-3

Ⅰ. ①高… Ⅱ. ①高… Ⅲ. ①诗集—中国—当代 Ⅳ. ①I227

中国版本图书馆 CIP 数据核字(2020)第 268202 号

责任编辑：程丽仙
封面设计：高　全

出版发行：群言出版社
地　　址：北京市东城区东厂胡同北巷 1 号（100006）
网　　址：www.qypublish.com
自营网店：http://qycbs.shop.kongfz.com（孔夫子旧书网）
　　　　　http://www.qypublish.com（群言出版社官网）
电子信箱：qunyancbs@126.com
联系电话：010-65267783　65263836
经　　销：全国新华书店

印　　刷：潍坊新天地印务有限公司
版　　次：2021年12月第1版　2021年12月第1次印刷
开　　本：880mm×1230mm　1/32
印　　张：6.625
字　　数：160 千字
书　　号：ISBN 978-7-5193-0624-3
定　　价：58.00 元

【版权所有，侵权必究】

如有印装质量问题，请与本社发行部联系调换，电话 010-65263836

# 高家胡同的记忆(自序)

俄国诗人莱蒙托夫在《独白》中说,相信吧,这里平庸就是人世的洪福。

莱蒙托夫没有说,高家胡同里住着一个平凡的诗人。

星星与星星正在低声地倾谈。

诗人的心是相通的。

高家胡同,小而矮。里面住了七户人家。一户家里磨香油,有一头笨拙的驴。一户家里养了头母牛,天天消磨着时光,既无欲又无求。还有一户院里活着一棵皂荚树,白芷与白芨围着它转圈圈。这些小人物小动物小植物,以后会跳进我的散文里。一些小时光小日子小惊喜,也会跑进我的散文里。它们他们她们会从我的诗歌里闯入我的散文里。

高家胡同,还有四户人家。因为我的记忆力差,记不确切了。

从北往南应该是枣树、楝树、石榴树、楸树。枣树,数她家的最大。枣子,数她家的最甜。青的时候,用小石子投上去,幸运的话可以打下来一两枚枣子。和马虎大妈在一起,总是幸运的。偶尔投不下来,她会拿起一根长长的竹竿照着果实稠密的那片,用力打下去,然后弯腰捡起来,用衣袖擦了擦,递给我,笑嘻嘻地劝我吃,仿佛她懂我似的。她知道我喜欢干净,知道我喜欢笑,更喜欢笑的人!

她家种了两棵枣树。一棵,年年开花结果。一棵,也开花,却不结果。"谎花"居多,据说是因为祖上有一个人爱说谎话。邪气盛的时候,我拔出桃木剑。剑是拉拉秧大叔在白马河修剪苹果树时,从桃树上砍下树枝用磨刀石磨成,又用指甲草花的汁液染红,挂在牛棚里阴干。

牛棚里早已没了牛,只有无家可归的刺猬在数桃花落的次数。

他赠我"宝剑",本有误人之意。他曾说"胡同三杰"没有一个人可以扶上墙,言外之意说我们是一堆烂泥。他诱导我们习武不习文,整天打打杀杀,反倒成就了我们的侠义。路见不平一声吼,吼多了,以至于我的嗓子直到今天都有一种破锣的音色。我有剑,倚剑走南北;我有情,写情闯东西。

写友情,写爱情,写亲情。

写的时候,并没有想着要成为诗人成为作家。之前,是因为孤陋寡闻;之后,是因为孤芳自赏。文人自负,文人自傲,文人自醉!偶尔沾点陋习,犯点小错。幸好知错就改。不是说,人无完人,金无足赤吗?

奥地利诗人特拉克尔说,夜的寂静多么美丽,蓝色的平原上,我们邂逅——牧人和苍白的星星。

我喜欢高家胡同的寂静。静悄悄地趴在臭椿树上的花大姐，静静地等候琥珀色的"泪珠"滴下，滴在琥珀色的突起上，形成更大的突起。等了许久，花大姐才想起了飞。可是，它的翅膀展不开了，飞不了了。沉默有时候并不是金。

枣树落叶的时候，时而落在大伯的石屋顶上，时而落在驴背上，时而落在猪圈的石槽里，时而落在楝树上，时而落在奶奶拉过的风箱上、母亲用过的箩筐上……落在高家胡同。落在我的手掌上，落在我的额头上，落在我的鼻尖上。落吧，落吧，像小溪里的小青鱼迷失了方向；落吧，落吧，像我梦里的白衣大侠不知所踪。

我喜欢看叶落的样子。

我喜欢望云游的样子。

我喜欢高家胡同的样子。

我喜欢旧时光。

我喜欢特拉克尔喜欢的蓝蓝的天空，蓝蓝的夜。

我喜欢叶赛宁的稠李树，芳香四溢。黄昏紧皱起黑色的眉毛。

母亲说，她喜欢火烧云。我站在胡同的矮墙上，伸长了脖子，望云。看火怎么给云镶个金边，看火怎么把云烧成火圈，看白马怎么钻进钻出。

父亲不懂浪漫。他只知道面朝黄土背朝天。他只知道一份耕耘一份收获。

父亲喜欢沉思，其实是喜欢沉默。对于邻居叔伯们沉浸的某种游戏,父亲并不沉迷。对于胡同外的打扑克推牌九搓麻将,父亲更是避而远之。他沉醉于孔木匠的手艺中,对几块木头拼凑成的椅子凳子,他惊叹不已,以至于我有一段时间的梦想就是做一个好木匠,帮姐姐打一副好嫁妆。

姐姐出嫁了。

从一个胡同走进另一个胡同,从一个姓跟进另一个姓,嫁鸡随鸡,嫁狗随狗。心甘情愿地跟着,就是好生活。

寂寞地生活,也是一种好日子。

波兰诗人辛波斯卡说,我曾这样寂寞生活。在黄昏,我们点起灯。

胡同的第六户人家,院子颇大。大门外,种了几丛竹,一看就知道是富贵人家。听奶奶说,她家的先人是个秀才。秀才好啊,读过书的。我喜欢读书人,萌发了做个读书人的想法。读书真好,好生活从字里行间飞奔而出。

颇大的院子里住着两个老女人。一个瘦,皮包骨。一个枯,如朱漆剥落后的后窗,阴森森的,半天不吱一声,白芷说她像木乃伊。白芷说时,我愣了一下,我从未想到白芷的智商如此之高,我从未见过木乃伊的模样,不敢断言。

在高家胡同,论笨拙,我首屈一指。

我喜欢思考,我思故我在。我喜欢问问题,却没人回答,也没人喝彩。大人们是没有闲工夫搭理我的,小伙伴们则各有各的痴心妄想。

癞蛤蟆想吃天鹅肉，我们都曾想过。比如胡同外的小青，她是美女蛇。白蛇去西湖了，青蛇在塌陷坑找到了栖息地。里面有白鲢鱼，有乌龟，有红尾鸡，有青蛙，还有长头发的女鬼。美女蛇的传说到初中就没了。没有人提起，因为没有人见过。而那个胡同外的女子，也是路过的。因为迷了路，被好心人送回了家。听说从城里来的，就看她的一个眼神，就知道有别于我们胡同里的青花。

青花是第七家的儿媳妇。第八家已经空了，暂不提了。

越写越多，没完没了。停下来，读一下海子的诗，因为春暖花开。停下来，写一写小诗，因为好生活。

是为序。

**高发奎**
**于孟子故里邹城**
**2020 年 1 月**

# 目 录

## 第一辑　我从孟子故里来

北方有庙 …………………………………………… 3
故乡 ………………………………………………… 8
故乡的清白 ………………………………………… 9
农家小院 …………………………………………… 10
母亲的煤油灯 ……………………………………… 11
父亲的村庄 ………………………………………… 12
母亲的端午 ………………………………………… 13
母亲的诗集 ………………………………………… 14
母亲的池塘 ………………………………………… 15
河洼的往事 ………………………………………… 16
故乡的云 …………………………………………… 17
城前 城前 ………………………………………… 18
大运河
——献给济宁老运河 ……………………………… 21
有多少寺庙,我就磕多少头 ……………………… 28
有多少烟火就有多少母亲 ………………………… 29
大雪一年只回一次故乡 …………………………… 30
回家 ………………………………………………… 34

# 第二辑　左手孟子右手梦

北 …………………………………………… 37
梦 …………………………………………… 38
火 …………………………………………… 39
笑脸 ………………………………………… 46
喜欢 ………………………………………… 47
迎合 ………………………………………… 48
割舍 ………………………………………… 49
哭沙 ………………………………………… 50
观香 ………………………………………… 51
说谎 ………………………………………… 52
羞愧 ………………………………………… 53
忏悔 ………………………………………… 54
原谅 ………………………………………… 55
冷宫 ………………………………………… 56
研究 ………………………………………… 57
沉默 ………………………………………… 58
秘密 ………………………………………… 59
缓慢 ………………………………………… 60
握别 ………………………………………… 61
请不要哭泣 ………………………………… 62
每个人都很孤独 …………………………… 63
与李清照，说说话 ………………………… 64
我和莫言擦肩而过 ………………………… 68
我将如何安放我的灵魂 …………………… 69

我为你画地为牢,你为我画饼充饥
——致七夕 ………………………………… 70
致李咏 ……………………………………… 71
晚春抒情
——读刘年近作有感 …………………… 72
我托着钵在春秋路上行走
——读刘年诗有感 ……………………… 80

## 第三辑 "孟里"花落知多少

有光 ………………………………………… 83
江湖 ………………………………………… 84
打捞 ………………………………………… 85
外衣 ………………………………………… 86
钟声 ………………………………………… 87
敷衍 ………………………………………… 88
数字 ………………………………………… 89
草绳 ………………………………………… 90
贵人 ………………………………………… 91
旧名字 ……………………………………… 92
两只碗 ……………………………………… 93
黑与白 ……………………………………… 94
江湖郎中 …………………………………… 95
蛛丝马迹 …………………………………… 96
守口如瓶 …………………………………… 97
一根枯枝 …………………………………… 98

七星瓢虫 …………………………… 99
酒里有毒 …………………………… 100
中毒太深 …………………………… 101
行走的核桃 ………………………… 103
愤怒的小鸟 ………………………… 104
菩萨的烦恼 ………………………… 105
我是有病的人 ……………………… 106
我曾这样寂寞生活 ………………… 107
对大地的谦卑,也是一种懦弱 …… 108

## 第四辑 烙在心坎的情思

她 …………………………………… 111
烦恼 ………………………………… 112
冬夜 ………………………………… 113
风吹过 ……………………………… 114
人之常情 …………………………… 116
白纸黑字 …………………………… 117
冬至你未至 ………………………… 118
他不在家的日子 …………………… 119
旧时光 ……………………………… 120
十七年 ……………………………… 121
七个姐姐 …………………………… 122
喊月亮 ……………………………… 131
今晚的月亮 ………………………… 132
回光返照 …………………………… 134

爱情的庸医 ……………………………… 135
未选择的你 ……………………………… 136
你的生日让我想起 ……………………… 137
爱我吧,忧伤的眼睛 …………………… 138
我拖着麻绳缠绕的墓碑 ………………… 141
在这个薄情的世界深情地活着 ………… 142

## 第五辑　一枝一叶总关情

花 ………………………………………… 145
草 ………………………………………… 146
草坪 ……………………………………… 148
早春 ……………………………………… 149
春雨 ……………………………………… 150
小城三月 ………………………………… 151
流苏花下 ………………………………… 154
秋意 ……………………………………… 158
晚秋 ……………………………………… 159
哑然之秋 ………………………………… 160
宁静的雪 ………………………………… 162
太原之行 ………………………………… 163
废墟之歌 ………………………………… 165
匡衡湖秋行 ……………………………… 170
秋天的样子 ……………………………… 174

## 第六辑　家国情怀的承载

河山 …………………………………………… 177
又见高家胡同 ………………………………… 178
再回首 ………………………………………… 179
梨花口罩 ……………………………………… 180
逆行者 ………………………………………… 181
不要埋怨 ……………………………………… 182
爱的积蓄 ……………………………………… 183
春天,还有什么没有复活 …………………… 184
春天,谁也阻止不了 ………………………… 185
我们不停 ……………………………………… 191
我们不一样 …………………………………… 192
我们有希望 …………………………………… 193

后记 …………………………………………… 195

## 第一辑　我从孟子故里来

我在孟子故里朝圣

我从孟子故里来

我在路上

遥拜孔孟

# 第一辑 我从孟子故里来

## 北方有庙

### 一

北方有庙,其名孟庙
北方有树,其名桧柏

### 二

唐诗宋词,七万五千首
我喜读《春晓》

诸子百家,四千三百二十四篇
我独爱《孟子》

### 三

棂星门,光彩夺目
亚圣殿,云雾缭绕
从棂星门到亚圣殿,穿过多少门

左有"继往圣"
右有"开来学"

从继往圣到开来学,三百六十步
从开来学到继往圣,三百六十步

孟子到我,仅隔一门
时光之门
我到孟子,仅差一念
红尘执念

四

我曾是一朵孤独的流云
如华兹华斯笔下的那朵一样孤单
金色的水仙,我没有遇到
白色的茉莉,我没有采撷

我曾是一只骄傲的海燕
在暴风雨来临前自由的快乐预言
蒙娜丽莎的微笑,我无法忘掉
斯琴高丽的伤心,我常常纠结

我只是一介草民,棂星门下
徘徊又徘徊
我的祖父是一介草民
我的父亲是一介草民

我又是一个诗人,孟子故里
等待又等待
前三十年,读书
后三十年,写书

# 第一辑 我从孟子故里来

## 五

来多少次孟庙
就抚摸多少回"霸下"
进多少次棂星门
就拥抱多少回"宋柏"

参天银杏,元代所植
藤系银杏,缠绕,缠绵,如亲密爱人
柏与槐,七百个春秋
古柏抱槐,继续缠绕,继续缠绵,如爱人亲密

写多少次孟庙
就汹涌澎湃多少回
望多少回侧柏
就顶礼膜拜多少次

古槐,源于唐朝
洞槐望月,装得下月亮,装得下天下
桧与她,九百年历史
桧寓枸杞,望得见太阳,望得见乡愁

## 六

北方有庙,其名孟庙
庙内有树,其名桧柏

树上有鸟,其名灰鹤
鸟上有云,其名望云

古树三百株,株株如思想家
碑刻二百八十块,块块如哲学家
侧耳倾听,风声、雨声、读书声
闭目凝神,家事、国事、天下事

我是那个涉世未深的朗读者
何以解忧,唯有
一方净土

我是那个悬壶济世的小郎中
如何痊愈,生死
置之度外

## 七

生如夏花
死如秋叶

## 八

妖风作孽,又奈我何
再猛烈的妖风,再高涨的浊浪
也会风平浪静

我有《孟子》

淫雨霏霏,奈我几何
再刺骨的流言,再抽筋的蜚语
也会不攻自破
我有《孟子》

九

土里刨食,刨土豆,刨地瓜
刨山药蛋
躬耕,一位南阳①
一位故下②

一位名扬天下
一位四海为家

天降大任,苦其心志,饿其体肤
空乏其身
求索,一念天堂
一念地狱

上下五千年
我有三万天

---

①南阳,诸葛亮未出茅庐时居住的地方。
②故下,作者曾经耕作的地方。

# 故 乡

老家老了
胡同里的草疯了
母亲走不动了
我又一次离开了故乡

每一次分别就好像
一次小小的死亡
母亲啊,请不要忧伤
我又一次向死而生

生有何欢
死又何惧
如果故乡还是那片大草原
我愿意做那头羊

故乡老了
太阳还是那么年轻
胡同老了
可是,我的梦像对你的爱一样年轻

## 故乡的清白

春天,大地萌发
故乡的草,绕过孟子的脚
缠绕孔子的铜制手臂

夏天,大地争强好胜
花大姐的豆腐心
挡不住老村长的刀子嘴

秋天,大地萧瑟
故乡的白马河
多了几只白鸟落单的寂寞

冬天,大地茫茫
雪落村庄
如蒙古包散落在孔孟之乡

## 农家小院

母亲教她怎样嫁接
丝瓜爬满了南墙

他还是没有音讯
风敲大门的声音
像他呲着牙在笑

高家

胡同

## 母亲的煤油灯

只有母亲,我可以不着边际地揶揄
只有煤油灯,我还记得它的模样
夜愈黑,它愈亮
跳跃的火焰从不嚣张

流动的水总是透明
像母亲的眼泪
眼泪浸泡过的心
拨乱煤油灯的心事

藏在暗处的鬼魅
躲在影子背后的小人
举手投降
良知被点燃,灯光更有方向

有多少村庄
就有多少守护我们的爹娘
有多少煤油灯
就有多少光明正大的过往

第一辑 我从孟子故里来

# 父亲的村庄

有鸟落下来
我看见七星瓢虫意外的慌乱
麦子上的蚜虫 更加俯首帖耳
镰刀早已锈迹斑斑,挂在东墙上

有雪落下来
我看见霜爬满了窗
豆大的汗从他的额头上往下滴
湿了奶奶的针线盒母亲的梳妆台

有月光落下来
提拉木偶的线拉不直父亲的背影
我看见粮缸满了
水缸溢了

有尘土落下来
有梦逆光飞扬
有蟠在村庄之外游荡
老家的老村成了废墟的温床

第一辑　我从孟子故里来

## 母亲的端午

白马河里的水涨了
仿龙舟的古船
被南来的风,晃了晃
水里的月亮也跟着晃了晃

母亲端来新包的粽子
撒给鱼儿
等鱼儿肥了,满了船舱
好去换一张从济宁到邹城的高铁票

# 母亲的诗集

雨鞋已经发芽
从外婆家寄养的
羊不说话

把母亲的话
编成诗集
垒成墙

挡风
挡雨
挡黑漆漆的夜

炉火旺的时候
到处都是甜甜的乳香
恰巧弥补儿时的饥荒

高家胡同

## 母亲的池塘

池塘里,不种藕,不养鱼
种就种一株楸树
我喜欢繁花似锦的样子
它可以填饱儿时的肚子

池塘里,养了一尾
白白胖胖的
月亮
我偷偷地笑,风偷听了书的禁语

# 河洼的往事

迟迟不敢落笔，我不敢写
尽管——
有一条小溪从山上流下来
有一位姑娘从山中飘下来

不要怀疑，那绿色的是垂柳
树下的是波尔山羊
不是克隆的多莉
树上的是月亮
挂着风的忧伤
波德莱尔的《恶之花》捧在她的手掌
吸引旁人的目光

第一辑 我从孟子故里来

## 故乡的云

一抹两抹三抹
这么多的乡愁别在胸前
离开故乡后
父亲的腰更弯了

像镰刀在麦田里行走
云的投影
一片 两片 三片
我的心拔凉拔凉的

## 城前 城前

背上行囊,就拥有了一切
感谢恩师,让我继续前行
向东,向东
向着太阳初升的地方

前行,前行
前方就是美丽的乡镇
城前,城前
城之前,一张城市的名片

邹东深呼吸,春光如此明媚
我看见的,事物如此灿烂
目光所及,城前的山水
目光不及,地下的财富

我看见蓝陵古城,日新月异
我看见雨山,时来运转
我看见一百三十九个自然村,风景宜人
我看见尼山抗日烈士纪念碑,英名长存

# 第一辑 我从孟子故里来

我在孟子故里朝圣
我从孟子故里来
东之郊
城之前

在路上,在路上
男女老少
或同向,同向城前
我在路上,遥拜孔孟

左手有孟子,右手有梦
让我沉浸
身心如城前的水
洁净

前有古人,后无来者
让我庆幸
前途如城前的红日
蒸蒸日上

城前,我来了
我爱
深深地爱着
再好的灵丹妙药也不能让我回头

城前,我一步一步

## 高家胡同

从西往东走
从孟庙,过唐王湖,经孟子湖
绕过匡衡湖,经鸿山,过张庄

一步一个脚印
奔向城前
时间站在原地
路不分新旧

喜新也不厌旧
城市,我爱
乡村,我爱
哪里的土地,都是我深爱着的土地

我和艾青一样
对这片土地爱得深沉
我和简明一样
上接天光,下接地气

我是诗人
爱国的诗人
我举起爱,举起善良,举起春天
在城前的天空,让种子飞

# 大运河
## ——献给济宁老运河

### 一

在更远的年代,英雄不问出处
在更高的地方,灵魂没有贵贱
看《隋唐英雄传》,看英雄辈出
游济宁老运河,游人间仙境

在更闷的日子里,我想到了"痒"
在更痒的时间里,我感到了"闷"
日子像流水,一去不复返
流水像日子,太匆匆

让我们抓住青春的尾巴
让我们抓起故乡的泥巴
让我们走进天然氧吧
让我们不忘初心

上接北京
下接杭州
东西思想大碰撞

南北精神大聚集

## 二

我从孟子故里来
我从孔子故里来
我从大运河的上游来
我从大运河的下游来

凤凰飞来,拜谒孔孟
凤凰飞来,俯瞰孔孟之乡
凤凰飞来,加冕运河之都
凤凰飞来,传播正能量

凤凰,百鸟之王
来于凤凰山
来于凤凰台
来于凤凰林

凤凰山上的凤凰去哪了
凤凰台上的凤凰哪去了
凤凰林里的凤凰呦
我清点过所有的山川河流

## 三

智者爱山,仁者爱水

第一辑 我从孟子故里来

我不是一个智者,却望得见山
我不是一个仁者,却看得见水
山不转水转,我记得住乡愁

风中有朵雨做的云,云化雨,雨落护驾山
流入唐王湖
一路向西,经白马河
入大运河

逆流而上
我是那条固执的鱼
情网千千结
我是那条漏网的鱼

顺流而下
我是那枚云游的槐叶
风声那么紧
我是那枚归根的槐叶

四

我是那个行吟者
站在老运河的桥上
自西向东再向南——济安桥
草桥、南门桥、天井闸、小闸口

看长河落日

究竟有多圆
看大漠孤烟
到底有多直

我是那个梦游者
站在大运河最高处
自南向北,一路向北——钱塘江
长江、淮河、黄河、海河

滚滚长江东逝水
有多少浪花,就有多少英雄
黄河之水天上来
有多少河流,就有多少母亲

五

从南向北,一千七百九十四千米
从北向南,一千七百九十四千米
大运河跨越
鲁苏浙,京津冀

我愿做大运河里的一滴水
有阳光的时候荡漾
有月色的时候流淌
成为一滴水,我才懂得柔情的力量

我愿做大运河旁的一棵草
有风的时候,舞蹈
有雨的时候,飘摇
成为一棵草,我才晓得卑微的节操

我愿做一只白鸟
告诉你大运河的白,是一种什么样的白
我愿做一只青鸟
告诉你大运河的情,是一种什么样的情

## 六

世界上最长的人工运河,全长二千七百公里
世界上开凿最早,始于春秋末期
世界上规模最大,跨越地球十多个纬度
2014年6月22日被列为世界文化遗产

大河之威,浩浩荡荡
如唐代诗人皮日休所云
万艘龙舸绿丝间
载到扬州尽不还

大河之怀,源远流长
望明月,我站在李白站过的地方
思故乡,李白未尝站过我站过的地方
大运河,我与莫言擦肩而过

大运河,我将去膜拜你
世上有多少祭河神的祭台
我将许多少一帆风顺的愿望
天空有多少星光,我就点多少灯

## 七

雪落大运河
雪把雪传染给了雪
风吹大运河
风把风泄露给了风


孔孟之乡
礼仪之邦
千年儒风
百世流芳


我的大运河,我的梦想
为什么我对这大运河
爱得深沉
因为它上接黄河水


总有一条河
是母亲架设的,如彩虹
总有一颗心

是一尘不染的，如琥珀

如春光灿烂
如星空璀璨
如情人的嘴
如诗人的魂

第一辑　我从孟子故里来

# 有多少寺庙,我就磕多少头

有多少寺庙,我就磕多少头
寻一剂良药,解前世的毒
有多少荒芜,我就种多少树
借一方绿荫,佑今生的路

粉与墨,究竟谁先登场
拿来月亮,点灯
乾与坤,究竟谁圆谁方
我画八卦,驱魔

不是因为她的菩萨心肠
我才如此虔诚
却是因为羊的悲哀眼神
我才这样怯懦

命运多舛,更能成就一个人
百转千回,更能让人回味
有多少买卖,就有多少伤害
有多少羊,就有多少跪乳

## 有多少烟火就有多少母亲

有多少烟火就有多少母亲
母亲打磨旧时光
镰刀挂在北墙
像冬眠的蛇

有多少游子就有多少烟雨
烟雨淋湿孟母林
新桃换来旧符
像木刻的枣

有多少母亲就有多少水井
星星落下来
月亮被捞起
近乡情更怯,喊一声妈妈

有多少琥珀就有多少心事
眼泪落下来
虫子湿了翅膀
千年才一回,道一声珍重

# 大雪一年只回一次故乡

## 一

大雪一年只回一次故乡
我一年只说一次谎

栈桥上的姑娘
快乐还是忧伤

我反复叩问
反复猜想

木鱼一年只敲响一次故乡
我一年只收一次网

麦地里的麻雀
傲慢还是偏见

我上下打量
前后思量

## 二

大雪压青松,青松不懂雪花的心
大雪,落在棂星门上

大雪无语,大雪不懂青松的坚守
大雪,一年才回一次故乡

我们何必强求,强求常常适得其反
就像强扭的瓜不甜

我们何必抱怨,抱怨往往雪上加霜
就让雪去落,去选择——流浪

大雪落在孟庙红墙外的青石板上
大雪落在唐王湖东边的护驾山上

大雪落在一个叫望云的书院里
大雪落在一个叫高家的胡同里

大雪纷飞,纷纷扬扬
我仿佛看见苏东坡在崂山上煮酒

大雪无痕,大地一片苍茫
三千弱水换不来一瓢梅花酿的酒

## 三

我不赞美大雪,因为它一年才回一次故乡
我不崇拜大雪,因为它不分青红皂白统统埋葬

我热爱大雪,爱它的洁白,它的任性
我怜悯大雪,怜它的博爱,它的专一

大雪无痕
大雪了无痕

大雪一年才回一次故乡
大雪,等等我,等我回一趟"快乐老家"

## 四

2002年的第一场雪,刀郎唱过它的沧桑
2020年的第一场雪,诗人写过它的忧伤

我看见雪抱吻了孟庙
我看见青鸟朝东飞去

大海,是我们的故乡
青岛,有鸟儿的天堂

栈桥,我们站着就好

# 第一辑 我从孟子故里来

仰望东方,仰望太阳初升的地方

大雪一年只回一次故乡
我的爱如大海一样汹涌澎湃

我一年只写一次青岛
我的心如乡愁一样魂牵梦绕

# 回 家

喜马拉雅山的暴风雪
足以捎我一程
别了,酥油灯
因为我从孟子故里来

回邹城
回到生我养我的地方
回故下,哪怕只剩下一砖一瓦
我看见三种气息在孟子故里的上空聚集

上接天光,下接地气
我不信佛,却有一颗菩萨心肠
我不信神,却敬畏三尺之上的万物
万物生,你瞧,天地间走来了一个春姑娘

春来了
回家——过年
无论多大的岁数,母亲的怀抱
最暖和

## 第二辑 左手孟子右手梦

永远有多远

比山还高比水还长

永远有多久

等到盛年等到暮年

第二辑 左手孟子右手梦

# 北

北是一个方向
这个小城
从不缺少小丑
从北宿到北京,指南针反指的方向

一个人表演,一个人寻找
一个人坐怀不乱
一个人醉酒,一个人挥毫
一个人无病呻吟

这个小城太寂寞
还有谁充当母亲的角色
还有谁做一个胆小者
依偎在她散发着奶香的怀里

隐藏得太久,埋藏得太深
北在北斗七星的方向
白羊座与狮子座,遥遥相望
一个七情一个六欲

# 梦

高家胡同

十八次英雄式的壮举
黄豆芽
乐此不疲
乐此不疲的还有高家胡同

胡同里的鬼针草
年复一年
绿了黄,黄了绿,不及春末夏初的拉拉秧
守株待兔的大伯却等不到一只迷茫的兔子

十八个情人好比十八个梦
结局,破裂
阳光,泡沫
十八个情人藏于十八个阶层

二十年后,又是一个好汉
看样子,我更适合说书
至少在十八个角落
有我熟悉又相似的面孔

## 第二辑 左手孟子右手梦

# 火

## 一

文明源于火
爱情源于歌

钻木取火,一生或许一次
洞房花烛,一次抵过一生

大河向东流,白马河之水,反方向
上游喊姑娘,下游洗衣裳

多情应笑我,从此生死两茫茫
"萤火虫,扛灯箱",你是异乡的瘦月亮

## 二

火中取栗,我愿意
水中捞月,我继续

上刀山,下火海
我可以

可是,请原谅我的扬长而去
为了最末的尊严

可是,我依然对你义无反顾
如飞蛾扑火

### 三

焚书坑儒,幸好我,一介草民
逃过一劫

秦时明月,莫怪我,跟着陈胜
揭竿而起

火烧赤壁,无奈我,伙夫一个
一颗大痣生于眉宇之间

锅碗瓢盆,我的胸
好痛

### 四

如雪落在雪上
如火叠在火上

雪地里,取火

我们抱团取暖
松枝,由长及短地燃
过冬的虫子,吱吱响

她,有点坐立不安
她的属相,是蛇

五

明明属鸡
偏偏与蛇牵扯
仿佛纪念即将远去的时光
或者纪念各自的前任

火
你是火
一句话就是火
一言不合,我就哼歌

我把异性的名字
排成了河
三百六十五个不同的女子
朝我奔来

前任,从一到三
反正我是空空如也

第二辑 左手孟子右手梦

明明属马,偏说属猴
怪不得我敢于火中取栗

六

北方有庙
南方有乔木

有多少庙我就磕多少头
有多少乔木我就建多少庙

侧枝,拿来烧火
侧枝在乔木的王国,一文不值

把侧枝扦插,与阳光
一起守护荒漠,荣誉至高无上

七

卖火柴的小女孩,我讲了三遍
乞讨的碗里,空空如也
流浪狗、流浪猫,亲密的拥抱
光脚的不怕穿鞋的
我的棉鞋温暖了两只小耗子

安徒生潜入我的梦,是否怪罪我的笨拙

我眼冒金星,
连续蹲起了九下
圣诞老人会不会爬烟囱,特别怀念姥姥家的大锅台
圣诞节、情人节、愚人节
和我可有半毛钱的关系

## 八

走吧,跟我走吧
太平洋的水泛滥成灾
我嗅到了台风的狂躁不安
火烧眉毛,我嗅到了你的焦味

走吧,再狡猾的水獭
也抵不过贵妇人手里的信用卡
再凶猛的野狼
也躲不过偷猎者猎枪般的眼光

## 九

走远了
心会痛
走倦了
脚会肿

她的眼光火辣辣

高家胡同

清者自清,清不清
是她的问题
还是她提的问题

月上柳梢头,这时适合
想念一个人
想念她
或者他

她点的炉火
尽管那个冬天,冻过了手又冻脚
他捡的松球
尽管那个本子,正面写满写反面

十

那个冬天,爷爷走了
那个一辈子耿直的人走了
高也好,重也罢
交给火一把

是我,一路护送爷爷去的
高高的围墙
高高的烟囱
是我,捧回了他的骨灰

入土为安,火把纸钱烧成了火凤凰
从不迷信的我
有点迷糊
旁人都说,高家要出贵人

# 第二辑 左手孟子右手梦

# 笑 脸

明明是他的来电,一声叹息
却假装别人打错了,勾起了疑心病
可怜的男人,还在假装
陪着笑脸

女人惯用的伎俩
他不忍心戳穿
淡淡的烟草味道
陌生的香水味掩盖不了

男人属猪,鼻子比狗还灵
男人五大三粗,心比针孔还细
一个老男人在楼下晃,踯躅
一种从未有过的耻辱涌红了他的笑脸

冲下去、冲下去
如猛虎下山
却又呆若木鸡
面前的,继父,又一次从精神病医院逃出

## 喜 欢

我喜欢蜗牛,至少还有个蜗居
我喜欢慢生活,至少还有你
不嫌弃,不离不弃
我喜欢这黎明,白鸟从我的窗前掠过

不远处的青黛色,那是睡眼惺忪的护驾山
我喜欢偷偷爬起的太阳,我总是慢它一步
太阳出来,我爬山坡
我把烟雨交给拔节儿的麦子

穿红衣服的稻草人,还我一个艳遇
我喜欢行吟者刘年,给我一个支撑点
我喜欢摇摇晃晃的余秀华,我试着穿越
大半个中国去爱你

喜欢,只是浅浅的爱,如清澈见底的溪水
爱却是深深的喜欢,如汹涌澎湃的大海
我听见海鸥的宣言洞察了闪电的力量
爱的暴风雨即将袭来,我慢悠悠地如雨后的蜗牛

# 迎 合

我以万吨的月光迎合你的万般柔情
我以千条白马河洗刷你的故乡
我以海子的麦地顾城的海岛
迎合你的微笑

我以耶稣的名义——爱你
我以法老的旨意——月老的红线纠缠你
我如井底之蛙
迎合你的善良

我以父亲的汗珠,和泥修缮小院
我以母亲的眼泪,擦拭门窗玻璃
我以黑白的过去火红的青春
迎合你的故事

我以菩萨的心肠——爱你
我以康桥的云朵——雨巷的丁香邂逅你
我如化蝶后的梁祝
迎合你的目光

高家胡同

## 割 舍

她挥舞着镰刀,割
太阳的影子
蛇
滑过光滑的草丛

蜻蜓点过溪水
我不舍,
我不是那只想吃天鹅肉的蛤蟆
也不是月色供奉的金蟾

# 哭 沙

金戈铁马,只为淘
从沙子里淘
金子无法藏身
卧虎藏龙,只有竹林

竹林,有七贤
亦有五步蛇
五步而倒
而我七步才成诗

她的眼里,容不下沙子
唯有时间如流沙
匆匆,太匆匆
伸出的手,金光闪闪

金粉世家,沙子无法粉饰太平
绿在蔓延,遇见她
肤浅的东西纷纷潜逃
没有人愿意顶一顶绿色的帽子

# 观 香

一切的风水,源于天灾
一切的迷信,源于人祸

观香,因为火
围观,因为水

一切的谎言,不攻自破
一切的伪装,作茧自缚

怒火中烧,同床共枕的人不欢而散
炉火纯青,水到渠成的事弄巧成拙

# 说　谎

老鼠拉木锨,大头在后边
他在说谎
他的眉毛向白杨树的方向
翘了翘

青出于蓝而胜于蓝
她在说谎
她的嘴角朝窗外垂柳的蝉鸣处
扬了扬

当我再次遇见她,她已经身怀六甲
神仙姐姐,我的嗓子奇异的痒,始终喊不出
她教地理课,我的地理,满分
她教历史课,我的历史,第一

她没有说谎,只是我感到了渺茫
毕业后,我如一只畏首畏尾的小耗子
拉着三口人的口粮
滚雪球

高家胡同

## 羞　愧

遇见我,她总是把头埋入
高耸的"怪物"之间
我的怀里抱着她认为的"异类"
——《简·爱》

再次遇见,她踢了我的随从
——狐狸狗——一脚
它躲进了马虎大妈家的墙角
黄色的花瓣,纷纷落

不是瘦哥哥的向日葵
却如月亮一样羞涩
不是傻妹妹的笔记本
却如茨威格的小说

耐人寻味
又一次遇见,她的胸
像瘪气球
她的两眼空洞,没有丁点羞愧

# 忏 悔

胡同里的防风,捉了一只
把它的头扭了下来
胡同外的白芷,也捉了一只
把它的头也扭了下来

我捉了一只放一只
又捉了一只又放一只
早知道,这么多"老虎"鱼肉乡里
我也应该把它的头扭下来

防风,疯了
他选择了和海子一样冰凉的铁轨
无数的蜻蜓
把那个黄昏染得通红

白芷,傻了
他像一只纸老虎,锁在铁笼子里
我像一个梦游者
在乡村与城市之间
常常遇见那些捧腹大笑的"硕鼠"

# 原 谅

我无法原谅自己,哪怕因为蜕变
我无法容忍日益臃肿的身体
哪怕借口无懈可击
我伸出的手如发芽的马铃薯,直刺长空

跌跌撞撞,狂跳不已的心
无法原谅松开双拐的狂奔
我无法原谅母亲的苦苦哀求
那个给我注射疫苗的长耳朵先生

我还能说什么,不要怕——我的前半生
接近真相,我的心会痛
阻隔真相,我的灵魂会空虚
是不是假装不要悔——我的后半生

马铃薯发芽,有毒
马铃薯开花,有风
我无法原谅我的手
我畏惧下一个得知真相的女人的眼神

# 冷 宫

孤独的城市，寂寞的冷宫
我驾驭着瘸腿的驽马
缓缓地经过
玫瑰花圃

电闪雷鸣
打更人淹没于宋朝的竹竿巷
我的心如青灯，摇摇晃晃
迎合敲木鱼的老尼姑

高家胡同

# 研 究

我研究一个人的嘴唇
厚薄不一
薄的,伶牙俐齿
厚的,笨嘴拙舌

如我,三脚猫的功夫
痴心妄想,拯救地球的千疮百孔

我研究一个人的皮肤
黑白不同
白的,目不转睛
黑的,目不直视

如我,丑八怪的蛊惑
我爱这个世界,如同爱你

第二辑 左手孟子右手梦

# 沉 默

看云的看云
听风的听风

母亲沉默
如遗落在民间的马蹄铁

我本侠客的秘密
母亲守口如瓶

高家胡同

## 秘 密

左手腕,隐约可见的伤疤
李寻欢最懂它的寂寞

例不虚发的飞刀
在江湖之底生根发芽

从古穿越到今
琥珀里的花纹,可是你的纹身

# 缓　慢

缓慢,如虎落平阳后的行走
我怀念以前的旧时光
你如猫,伴我左右
篝火如歌

面包、啤酒、花生米
绿皮火车,一路向南,开往春天
风向北吹
爱是一首缓慢的离歌

## 握 别

离开了水,今生注定漂泊
难收的是覆水
回头的未必就是浪子
浪子回头,金山也不换

你就要远走高飞
你就要变心
黄金万两
换不回紧密地握手

第二辑 左手孟子右手梦

## 请不要哭泣

因为贫穷,我没有接种疫苗,不要哭泣
因为落后,我没有纹身刺青,不要哭泣

因为没有打疫苗,处处提防狗,不要害怕
因为没有红鼻子,夜夜担心鬼,不要害怕

狗见了我,就跑;狗仗人势的狗呢
鬼见了我,也跑;鬼哭狼嚎的鬼呢

狗的良心被人吃了,人的良心呢
鬼的计谋被人揭了,人的心眼呢

请不要告诉我,那年的你,打肿脸也要充胖子
请不要哭泣,我的发小儿,好好过日子

我的眼泪不会掉下来,掉下来
我多么想打一针疫苗
请你不要哭泣

## 每个人都很孤独

见鬼去吧,一声尖叫
我游荡,雾气湿了我的灵魂
十点钟,对于小城市
时候已经不早

稀稀疏疏绕篱竹
稀稀疏疏,我想起我的大伯
大伯的篱笆院
院里的香椿树是否稀疏依旧

去死吧,她不止一次地说
好吧,孤独的人们
就让犯错的人继续倔强
就让背叛的人继续伪装

每个人都很孤独
聪明人一味卖弄
傻子极力假装
奴才渴望孤独

# 与李清照，说说话

## 一

宋朝太远，我与李清照
注定擦肩而过
在公元 1084 年与 1155 年之间
我潜伏在双溪的水底
我是那条固执的鱼
无数的水草
一半妖娆
一半飘摇
妖娆，因为太阳的光芒
飘摇，因为风的劝导
默默，只为遇见你
遇见你，我一而再再而三地埋下伏笔
我无意模仿唐朝的飘逸
我无法假装辛弃疾的豪放
在公元 2018 年的今天

## 二

精诚所至，金石为开

第二辑 左手孟子右手梦

爱一个人,也爱她的过去
爱屋及乌,千倍万倍
而此刻,我愿用千金
换你的一笑
小声点吧,再小的风
也有声音
纹丝不动的,那是金佛
风声面前,佛不语
再慈悲的佛,也需要一座金身
四大皆空,放下的
还有几个神
七情六欲,放下的
还有几个人
贪念,负了多少时光
情债,还了几生几世
约定,哪怕一个秋波
一炷香,却是两个世界
飘飘渺渺
虚无,不等于荒芜

三

暗香,从她的衣袖逃逸
凉气,从水里的月亮处升华
今夜你冷不冷
今夜我对你想入非非

一杯薄酒,未饮心先醉
我总是不胜酒力
武松知道,武松笑我过不了景阳冈
屈原知道,屈原拉我跳汨罗江
李白知道,李白邀我痛饮长江水
零丁洋里叹零丁,我知道
茅屋为秋风所破歌,我知道
寻寻觅觅,冷冷清清,凄凄惨惨戚戚,我知道
我知道,苏武牧羊
我知道,岳飞抗金
我无法丈量正义与邪恶的距离

## 四

倚门回首,却把青梅嗅
我看见两只鱼鹰飞
我躲在舴艋舟的船尾
两只蜻蜓立在青荷的含苞处
知否,知否
我的心里也是"蓝瘦香菇"
春花与秋月,猴年马月会相逢
金风玉露不相逢
溪亭,日暮
常常记起的只有你
只是你记不起一条伪装的鱼
一条想和你说说话的鱼

你的心里藏着一座寺庙
一场大雨
冲,冲,冲
却冲不去"三从四德"

五

我是谁
一条卧底的鱼
卧了千余年
南方的马褂木颇多
我求佛,也求了千年
你是否看见一只萤火虫
提着灯笼在走
微弱的光,是否照亮你的方向
风在窃窃私语
今生的守口如瓶
仅仅换来与你的擦肩而过
我的爱不如一枚松针
孟子故里,藏了宋朝的铁塔
我愿画地为牢
为你死守诗人的"天职"
为你,成为一个小小的诗人

# 我和莫言擦肩而过

《日不落》,蔡依林是翻唱
翻唱歌手模仿得总是太像、太像
我和蔡依林隔着长长的一道墙
她的目光永远电不到我的目光

《红高粱》,莫言是原创
模仿高手抄袭得总是太装、太装
我和莫言隔着默默的一条街
他的灵魂永远触不到我的灵魂

永远有多远,比山还高比水还长
永远有多沉,比大象重比蜂鸟轻
永远有多久,等到盛年等到暮年
永远有多美,白如百合红如玫瑰

我和蔡依林隔窗而望,台北在下雨
我和张爱玲掩卷一叹,淋湿洛杉矶
我和鲁迅促膝长谈,却在孟子故里
我和莫言擦肩而过,误入高密东北乡

高家胡同

## 我将如何安放我的灵魂

我即将远去
驾驭人生最后一匹黑马
去一个陌生而寂静的地方
夜渐渐地深了,灵魂选择出发

我该怎样抑制我的灵魂
回忆里还有马尾松与马尾松
窃窃地对话
扎马尾辫的女孩已经是两个孩子的妈妈

青春远逝
纵使黄金万两
也当不回当年的茉莉幽香
我独爱这茉莉花茶

纪念册已经泛黄
墓志铭有点发烫
亲爱的朋友们,五十年后再相会吧
你睡你的,我睡我的

## 我为你画地为牢，你为我画饼充饥

### ——致七夕

我为你画地为牢
你为我画饼充饥
今夕是何夕
何夕是七夕

曾记否，海枯石烂的誓言
七彩祥云，远在天边近在眼前
我等待又等待的
秋天已回来

怎能忘，汗流浃背的七月
一个汗珠，摔成八瓣如醉八仙
我憧憬又憧憬的
全城正热恋

七夕是何夕
今夕是七夕
你的心，如刀，如梦，如牢不可破的城堡
一张过去的画饼误了你的一生

## 致李咏

尼采托梦给我
说你是一棵岩石上的罗汉松
只有风懂你的虚无
如果虚无超越一切的人和兽

——你是人间的神,欢乐之神
嘘,起风了
风声、雨声、砸向人间的霹雳声
我是第五十二个幸运儿

第二辑 左手孟子右手梦

# 晚春抒情

——读刘年①近作有感

一

爱什么
不爱什么

一个一语双关
一个一言九鼎

芙蓉出水妒花钿
我是那只坐井观天的青蛙

袅袅的炊烟
却源于笔直的烟囱

二

爱这个夜晚吧
蹦蹦跳跳
从乡村到城市
我是那个拉车的祥子

高家胡同 ◆

---

①刘年,当代诗人,著有诗集《为何生命苍凉如水》《行吟者》。

第二辑 左手孟子右手梦

我不是那头骆驼
她说,奔跑的我
更像脱了缰的野马
却成了晚春时分江南的过客

爱这个姑娘吧
有说有笑
从大街到小巷
她是那个站街的虎妞

她不是那些龌龊
我说,病中的她
更像带了雨的梨花
倔强成夜空中最亮的流星

三

苦楝花,紫色的小花
我爱
梧桐花,紫色的喇叭
我爱

女儿跑过来说,看——
蚂蚁搬家

紫槐花,如纷飞的蝴蝶

我爱
紫荆花,如隐藏的歌手
我爱

母亲跑过来,说——
分久必合

## 四

母亲在济宁
我又一次有了错觉

我在邹城
我的左心房隐隐约约地疼

母亲说,千万别生闷气
结果,她得了冠心病

我劝自己明天去查一查
结果,我活蹦乱跳

## 五

我不是名人,我还活着
我不是懦弱,我的女儿还是个孩子
所以,我不是海子

高家胡同

所以，我不是顾城

有的人死了，他还活着
有的人活着，他——
我活着呢
如果你不介意

李敖走了
余光中走了
我们继续他们的乡愁

乡愁是洛夫紧紧抓住的一团雾
乡愁是乔羽歌唱过的一条大河
乡愁是金庸笔下的江湖
夹杂着我的爱恨情仇

六

我爱故乡的山
峄山、凫山、凤凰山
我用脚量山与山之间的距离
山让我把头抬得老高老高

我爱故乡的河
白马河、望云河、滑降河
我用舌头测水与水之间的清白

水把我的目光洗得很柔很柔

我死了
请把我埋在大山里，聆听风的消息
或者把我的骨灰
洒在白马河里，给你制造浪漫的泡沫

把我的诗集留下来
等你心灰意冷的时候
点燃它
让我的爱最后一次温暖你

高家胡同

## 七

如果我死了
最伤心的是女儿
尽管代沟越来越深
血浓于水

最无声的会是你吗
躲在车里
躲在电梯里
躲在嫦娥的衣袖里

如果我死了
最忌讳的字眼

今夜,被我屡屡提起
我不畏死神,如果有的话

最可怜的是母亲,刘年说
我举双手赞同
我是她第一个儿子
第一个懂她的

八

赞美我们的春天
尽管咄咄逼人的夏天逼近
赞美我们的母亲
尽管花样年华的青春远去

我爱母亲
我爱母亲的手擀面
我爱母亲架设的独木桥
我爱母亲从不低头的信念

甚至信仰
她的信仰,让我们汗颜
她的执着,让我们脸红
她把一条小鱼或者一只花大姐,放生

她把早些年我寄回家的信件,珍藏

尽管大字不识一个
她把陪我长大的时光,装进萎缩的大脑中
尽管我准备陪她变老

## 九

我爱妻子
每一个妻子
先是一个母亲的女儿
后是一个女儿的母亲

宝马与单车,你猜
她选择了什么
宁愿在单车上笑
也不在宝马里哭

我送给她的下一个礼物
你猜——
是的,一辆宝马的车模
如果你再等一等

我更偏爱一辆摩托车
坐在后座的女子
更像一个情人
如果非要我说,那年我二十岁

## 十

我爱你，别多想
我的爱属于全人类

"爱得越多，越怕死"
我怕我死了，没有人再为你写诗

你是一个女儿、一个妻子、一个母亲
你是世界上最伟大的女性

请接收我的礼赞
此刻，我的眼泪流成了河

# 我托着钵在春秋路上行走

## ——读刘年诗有感

高家胡同

我托着钵在春秋路上行走
几个毛孩子跟着
像跟着老法海
水漫金山,我的法力全无

我的法力全无,水漫金山
像跟着一个老法海
叽叽喳喳
我托着钵在春秋路上行走

不化缘,不搭讪
从蓼河到泗河,游过一群鸭
她在洗小师傅的袈裟
老和尚在念超度的经,声音嘶哑

停下来,一袋烟的功夫,我的眼睛湿润万分
哪里还有炊烟,哪里还有乡愁
东故也好,西故也罢,废墟——废墟——
我托着故土托着庄稼托着日落

第三辑 "盖里"花落知多少

漂泊是漂泊者的生灵
栖息是栖息者的死神

# 有 光

肩并肩,毛白杨树下
有光
那时我们还没有手机
那是萤火虫提着灯笼在梦游

提着灯笼都难找的好人
或许早已隐匿山林
大隐隐于闹市,如夜行的时迁
夜行的猫

月光落在李逵的斧子上
李鬼嚎啕大哭
上有老母,不是谎言胜似谎言的言
江湖,从不缺刀光剑影

八百里水泊,有渔火
与孙二娘通风报信
黑暗处,有光
兄弟们啊,小心隔岸观火的老鹰

# 江 湖

江,可能是新安江
湖,也许是微山湖
风马牛不相及的秀才进京赶考
我不过是一个小小的书童

江上有乌篷船,船上有鸬鹚
她在弹琵琶,雨如箭
蓑衣纹丝不动
你听,绿了芭蕉红了樱桃

湖里有岛,岛上有火车在呼啸
她在采莲蓬,鱼如剑
麻鸭神出鬼没
你看,西边的太阳就要落山了

出家不如随俗,我不要入戏太深
手中的狼毫如何抵挡虎视眈眈的剑客
行走江湖的君子剑
相忘于江湖,总有一个侠女误入桃花源

# 打 捞

打磨一把斧子,抑或一把锈迹斑斑的镰刀
高家胡同的麦垛,宽容无家可归的刺猬
偶尔掠过西窗的麻雀
也会停下来休憩

经霜多年的西屋已经沦为小耗子的领地
偷油喝的那一只,始终没有爬出来
太阳爬出来,气喘吁吁
气喘吁吁如我,打捞

打捞一首诗
打磨一首诗,细细地打磨
铁杵磨成针,针针见血
有血滴下来,染红桃花

桃花为扇,桃花朵朵
每一个女子都是一朵桃花
有的招摇
有的羞涩

# 外 衣

高家胡同

撕掉你的外衣
看见一个诗人
脱掉诗人的外衣
看见一介草民
解下草民的外衣
看见一棵树
剥下树皮
变成鱼
去掉鳞片似的铠甲
瞧见一只河蚌
斧足在行走
撬开吧
闪闪发光的那是珍珠
掬水的姑娘把它温暖成美玉
褪去美人的眉间痣
我把灵魂的卖身契还给
白纸黑字
谁又是谁的外衣

## 钟 声

老校长最后一次行注目礼
无论钟声为谁而鸣
太阳照常升起

童年单调得像爬上爬下的蚂蚁
撕下练习册,折叠成纸飞机
无论飞多远,都能在传达室里找到

风在窃窃私语
马虎大妈家墙外的向日葵开了
邻家的孩子藏猫猫,是谁落下的把柄

惊得无数的鸟飞出,飞入
今生不曾相约,钟声如约响起
替她送老校长最后一程

# 敷 衍

一遍一遍,母亲翻找我的百天照
在那个饥饿的孩提时代
我和弟弟居然还有一张合照
他的百天照,我抱着他

我记不起,后来的我们是否拥抱过
我记得,1997年的冬天
我把母亲高高举起
那是我第一次独自出远门

从此,我的青春我做主
香烟与香槟,香水与百合
敷衍我的女生
去了云的最深处

高家 ── 胡同

# 数　字

一二三，三二一
我怎知天文，胡同里的傻小子数星星

一生二，二生三
她猜中地理，城市里的红绿灯却数不清

# 草 绳

并非蛇,而是一根草绳
无数的草绳
却是人类的遮羞布

飞禽走兽,并非蛇
无数的贪婪
拧成了一股绳

草绳,草船
记事的记事
借箭的借箭

四千五百年前的仓颉造字
两万五千里的长征
我膜拜草绳

# 贵 人

谁是我的贵人
简明还是鲁迅
抑或满满一屋子的世界名著

写诗,我被嵌在瓶颈之处
上也不是,下也不是
左也不能,右也不行

谁的贵人是我
天使还是上帝
天若灵叫天,地若灵叫地

我不是谁的贵人
蚂蚁或者蝴蝶
我不过,泥菩萨过江

第三辑 『孟里』花落知多少

# 旧名字

高发奎,墓志铭上依然
写着这几个字
十年前,我用的还是旧名字
爱我的人,足足装满三个春天的绿皮火车

高发奎,纪念册上赫然
写着这几个字
二十年前,我的名字有点旧
我读过的书,足足可以让嬴政焚三次

高发奎,户口本上当然
写着这几个字
三十年前,父母给我取的新名字
不过,一搁,就旧了

再过一百年,高发奎
这个旧名字
在城市的最中央熠熠生辉
我的诗歌被复制,我的爱被克隆

高家胡同

## 两只碗

北方有陶,举起水
故乡有碗,举起粮食

一个太阳在天上
一个月亮在碗里

故乡不过是两只碗
姐姐嫁人了,随身装着家乡的饭

两只碗装着故乡的根
爷爷下葬了,碗里装着故乡的魂

# 黑与白

嘿,我独爱的黑
这黑惨惨的夜
这静悄悄的瓦
为什么,她不说话

鬼打墙
我在原地转来转去,画了一个又一个圈
从一辆白色的现代车里
飘出一个白衣女子

一个大爷赌球赢了
2018年的夏夜
结局不言而喻
乌鸦飞,夜黑;白鸽飞,夜也不白

嘿,她不说话
犹如唐伯虎遗落在民间的美人图
提着灯笼的萤火虫
如马褂木树下翻白眼的大娘

# 江湖郎中

猜,或者蒙
行走江湖
甩掉接生婆的美誉
我不过是一个赤脚医生

倘若一味地把双拐
改成轮椅
甚至担架
忽悠,那些时光,只剩下笑

笑穿透海洋,台风姗姗来迟
八月的鲁南,依旧高烧不退
晕乎乎的"黄马褂"
藿香正气水解你们的中暑

笑傲江湖,令狐冲葫芦里装的是酒
豪气冲天,任盈盈非君不嫁
江湖郎中,如我的葫芦里装的是药
仙气十足,八仙可以过海

# 蛛丝马迹

镰刀锈了,磨石老了
上磨石岭
风铃静了,风声小了
挂在西楼

谷子熟了,稗子勾起了乡愁
炊烟袅袅
此时此刻,高家胡同的烟囱
高高在上

花大姐泼了一盆水
一只芦花大公鸡不紧不慢地踱步
打碗碗花枯萎了
老村长吧嗒着高老头的旱烟袋

你看,楸树上多了一个空空的鸟巢
故下村多了一个光棍
奔跑的废墟
还有几处蛛丝几处马迹

## 守口如瓶

守着故乡的河
水往低处流
马在上游打了个响鼻
藏在水底的河蚌露出了斧足

泡沫
看客
把罪名安给水蛇
她怀念某处的田螺

# 一根枯枝

芦苇,佯装思考
芦花,也有隐形的翅膀

一根枯枝嘎嘎作响
我看见我们失传的灵魂,跌跌撞撞

守株待兔的我们,不及一株马褂木
不及一根经冬的常春藤

村北糊涂老爹的墓碑
如一根枯枝指着织女星

村南的马虎大妈
守着她的贞节牌坊

## 七星瓢虫

镰刀锈了又锈,磨石
重回磨石岭
月季羞了又羞,月亮
还挂在西楼

展翅,才能
高飞
攀登,才能
升高

花大姐嫁人了
麦子熟了
打碗碗花枯萎了
冰棍融化了

从此,椿树多了一个鸟巢
乡村多了一个光棍
以后,村庄成了奔跑的废墟
乡愁成了几缕蛛丝

# 酒里有毒

莲儿,酒里有毒
炊饼,稀稀疏疏绕篱竹的星星
落下来,入药
黑芝麻,像极了西门庆的斗鸡眼

十八碗,不过冈
好兄弟,刀枪棍棒
宋朝的月光
虚张声势,唐朝的风出没在景阳冈

## 中毒太深

你说的一切,我都相信
头上生疮
你有什么偏方
救死扶伤
想必你早已抛之脑后

你的过去,我不介意
绅士假装绅士
小丑掩饰小丑
新一代的茶花女
误闯了王母的蟠桃宴会

我是风,从你的耳边飘过
你听,象牙塔的风铃响了
有女神的笑声
在松鼠的梦里,归于平静
一朵栀子花落了下来

诗之女神啊,我总是入戏太深
而她又一次中毒太深

雪白的是雪花
响亮的是掌声
我是最后一个相信解药的人

高家

胡同

# 行走的核桃

核桃的外壳
坚硬如将军的铠甲
我有一把削铁如泥的倚天剑
一个女侠
忘记了姓名
其实,也没有名与姓

岛,一定不是激流岛
岛,也不是我的故乡
岛上,没有核桃树
岛上,没有白月光

流落江湖的屠龙刀
图案,以讹传讹
好比核桃死守的秘密
鱼在水底游
水在高处流

第三辑 『孟里』花落知多少

## 愤怒的小鸟

嫉恶如仇，如果我的来生
还是一只小鸟
如果我遇见的编辑
懂得环保

就让铅字
洗刷我们对天空的愧疚
就让十面埋伏
抚平太阳对我们的灼伤

高家胡同 ◆

## 菩萨的烦恼

那么多的善男,焚香
那么多的信女,求签
那么多的贪婪
汇成一条河

菩萨,纵使千手
纵使千眼
也无法修补破碎的人心
一颗忏悔的泪从菩萨的眼底流出

第三辑 『孟里』花落知多少

# 我是有病的人

我是有病的人
我不敢说
请判我——五马分尸的酷刑
再没有人戳我的脊梁骨

把我的头颅还给父母
把左手递给咿咿呀呀的小儿子
把右手拿给我的掌上明珠
这是我最后的呵护

把双脚还给大地
还给风
还给火
还给撒哈拉沙漠

漂泊是漂泊者的生灵
栖息是栖息者的死神
我不想说
我是一个有病的人

## 第三辑 『孟里』花落知多少

## 我曾这样寂寞生活

她说,我并不责备春天
她说得好听

再硬的晒麦场,也挡不住芨芨草的新绿
我数着去年夏天的车辙印

我怕风,确切地说
我怕成千上万只蚂蚁再次集结

她知道我得了罕见的风湿病
她说她爱风的自由

## 对大地的谦卑,也是一种懦弱

为一只羊或者一只麻雀让路
蒺藜丛生,小路与大地达成了协议
就让光脚的孩子在我们的记忆里奔突
胡同里的臭椿树,臭椿树上栖息的"花大姐"

弯成弓的父亲,把磨得锃亮的镰刀高高举起
像虔诚地完成某个仪式
对大地的谦卑,其实也是一种懦弱
谦卑的乡亲们,哪里见过地铁

离开家乡而死,死也不离开家乡
母亲把冬天的心事晾晒
太阳的影子落在白马河的脊背上
岸边的棉花更加洁白

我们是大地的孩子,岁月陪我们嬉笑打闹
谁不曾是那个麦田的守望者
我们谦卑地耕耘,庄稼长成了一座座城市
然后,我们迷失在红绿灯路口

第四辑　烙在心坎的情思

腊月的村庄
忘什么也不能忘烟火

天上人间
最美是你

# 第四辑 烙在心坎的情思

# 她

嘴角上扬,上扬
我捕捉到了她脸上的阳光
那年匆匆,太匆匆
我察觉了她淡淡的惆怅

如果藕断还可以丝连
我做那只飞鸟
如果死灰还可以复燃
我做那株野草

我做那株野草
如果死灰可以复燃
我做那只飞鸟
如果藕断可以丝连

我察觉了她淡淡的惆怅
那年匆匆,太匆匆
我捕捉到了她脸上的阳光
嘴角上扬,上扬

# 烦 恼

我的烦恼,从何说起
美丽的女神,继续如雕像一样冷冰冰
安静的荒野,依旧像大伯的坟墓一样寂寞
有时候,风也比较吝啬

公园,冷清得只剩下两只酷似
蚂蚁的小东西,立在黑色的皮鞋上
两只蝴蝶早已枯死
串杨叶的发小儿,羽化成蝙蝠

倒挂在高家胡同不远处
大伯的篱笆夹道处
守着苦楝树下花大姐的苦恼

高家胡同

第四辑 烙在心坎的情思

# 冬 夜

树上没有鸟,街上没有猫
去年的鸟窝还在,风在摇
去年的路灯也在,灯在摇
灯在摇她的影子

她的影子,在窗前晃
在池塘里晃
在残荷上,在大石头
甚至荒草丛里晃

我却慌了
慌不择食,慌不择路
我的身上有一股鱼腥味
那么重,还有谁没有避而远之

幸亏,这是冬之夜
幸好,我有一颗榆木脑袋
街上没有猫
树上没有鸟

# 风吹过

我窝在窝里
风吹过
东故村的嫂子
西故村的鸽子
塌陷坑里的鸭子
蚕厂的蛾子

我窝在窝里
风吹过
嫂子雪白的乳汁
电弧打过眼的发小儿借过她的
香气袭人的乳汁
他总是打眼

我窝在窝里
风吹过
鸽子雪白的羽毛

我窝在窝里
风吹过

## 第四辑 烙在心坎的情思

鸭子雪亮的眼睛

我窝在窝里
风吹过
蛾子雪亮的肚脐
看守雪白雪白的蚕丝的看守人
一而再再而三地擅离职守
他总是肚子疼

# 人之常情

我的天呐
铺天盖地的大雪,不请自来
丑的、恶的、黑的、白的
统统被埋没

那个自以为隐藏得滴水不漏的村庄
突然间,慌了
高家胡同紧接着不见了
扫雪的大妈消失在风雪之中

三婶也不见了
单单大伯的坟高耸了一些
南飞的候鸟飞向了彩云之南
落单的一只,在坟与坟之间

我的天呐
我们还不如一棵狗尾巴草
等太阳高高挂起的时候
你会听到人情破碎的声音

## 白纸黑字

落笔,然后深呼吸
白纸黑字
只有你可以把时间分割定格
一半白天,一半黑夜

人生总是无常
黑无常,白无常
只有你能够让我赴汤蹈火
怪就怪孟婆的孟婆汤太浓

第四辑 烙在心坎的情思

## 冬至你未至

故乡,像我这样,像我这样的平庸
你是否一样的忧伤
故乡,像我这样,像我这样的迷惘
你是否一样的惆怅

故乡好比一把弹弓
游子,不过是一枚小小的石头
青春作伴,好还乡
姑娘,你是否早已远嫁他乡

你那美丽的麻花辫,你那呼之欲出的黄手帕
你那灵巧的兰花指,你那虎视眈眈的小虎牙
弹指一挥间,十年不见,又十年不见
落花的落花,流水的流水

今生遇见的又有几个你
我生,你已老
约定究竟经过多少秋冬
冬至,你未至

高家胡同 ◆

第四辑 烙在心坎的情思

## 他不在家的日子

苦楝树的花落了,她
弯下腰
一只鸟
扑楞着翅膀,仿佛在嘲笑

女人的金豆子,打转
往晾条上晒
女儿的衣服


那时候,家中拮据
黑色的热水袋
代替了太阳能
汗水再干净也是汗水,得洗

他在不在,经霜的叶子一样红
他来不来,雪后的虫子一般静
她抹了腮红,涂了唇彩
你听,春的脚步声近了

# 旧时光

华姐的惊诧,让风闪了舌头
其实,是风太大
闪了长舌妇的舌头

这么多年,她守着家乡的一亩二分田
守着红蜻蜓点水的塌陷坑
守着编成蟋蟀的斗笠

这么多年,她不知道
东坡的树都朝东俯首,朝南疯长
树上的鸟窝兀自摇晃

掏鸟蛋的那个半大小子再也回不来了
僵硬如木偶
我们捡拾木偶背后的笑

高家

胡同

第四辑　烙在心坎的情思

# 十七年

你还欠我一个春天
那个樱花一样的女子
寻寻觅觅
十七年

我从乡下来
再一次忍痛割爱
那只对我摇尾乞怜的毛毛
也不知身在何处

别再轻许诺言
再高的楼
也不如十七年前的
高家胡同

再大的豪情
也抵不过十八碗过了冈的武松
最浪漫的事
莫过于静静地看唐王湖的水起涟漪

# 七个姐姐

## 一

姐姐,今夜我只想你
杜十娘的百宝箱也不能阻止我想你
我已经错过了阿尔法的太阳
再也不想错过白马河的月亮

姐姐,今夜我只想你
李清照的如梦令也不能淹没我想你
纵使江郎才尽,我也要想你
纵使空空如也,我也会想你

姐姐,苦难的姐姐
等你长发及腰,我早已背井离乡
姐生我未生,我生姐已老
等我衣锦还乡,你早已远嫁他乡

姐姐,寂寞的姐姐
独坐护驾山独钓寒秋独饮菊花茶
前也有古人,后也有来者
却独独没有姐姐

# 第四辑 烙在心坎的情思

## 二

姐姐,你在北方
北方没有你
有闪闪发光的毛白杨
那是我念念不忘的珍珠白

姐姐,你在南方
风却往北吹
有英姿飒爽的马褂木
那是我恋恋不舍的翡翠绿

姐姐,东方破晓
大河向东流
有汹涌澎湃的浪淘沙
那是我格格不入的英雄梦

姐姐,西方日落
我要走西口
有鬼哭狼嚎的暴风雪
那是我默默不语的红尘路

## 三

姐姐,善良的姐姐
记得那一年
晚霞中的红蜻蜓,满了整个村庄
就连我们也奔跑成精灵

姐姐,温柔的姐姐
记得那一夏
夜色中的萤火虫,亮了几处芦苇
就连牛羊都安静如河蚌

姐姐,羞涩的姐姐
记得那一夜
篝火旁的长脚蚊,吻了谁的玫瑰
屯溪的鸬鹚怀想康桥的金柳

姐姐,寻觅的姐姐
记得那一刻
灌木丛的花蝴蝶,囚了谁的露水
故下的洋槐幻想孟府的流苏

## 四

姐姐,我在春天想你

第四辑　烙在心坎的情思

是的,我再也拉不出那曲
我的泉水叮咚
我的心叮叮当当

姐姐,我在夏天想你
是的,我再也按不住那心
我的血液沸腾
我的心无问西东

姐姐,我在秋天想你
是啊,我就要走了
九月的小学
说什么一个也不能少

姐姐,我在冬天等你
是啊,我知道,雪等雪
腊月的村庄
忘什么也不能忘烟火

五

七个姐姐,七道彩虹
赤橙黄绿青蓝紫
我不用担心她水土不服
她说她是土命

七个姐姐,七个母亲
柴米油盐酱醋茶
我不必操心她骨瘦如柴
她说她本火运

心比天高
一个又一个姐姐
从天而降
飞

命比纸薄
一颗又一颗琥珀
从古到今
碎

高家胡同

六

碎了就碎了
玉如果破碎,镜怎么重圆
走了就走了
风决定要走,雨如何挽留

我看见池塘的月光点点
点点是姐姐脸上的星星
我听见蟋蟀的天籁之声
声声是姐姐梦里的泉涌

# 第四辑 烙在心坎的情思

星星在北方
北斗有七星
星星知我心
我心照明月

月是故乡明
无论走多远,脚的方向总是偏向故乡
露从今夜白
无论秋多浓,上下的心总是宛如明镜

## 七

七个姐姐化作一个姐姐
奔向碧绿的大地
躺下去
任泥土的气息一步一步入侵

绿一点一点把异物淹没
在我们的土地上
我们算什么
像两个顽皮的孩子

一个姐姐分裂成七个姐姐
我们在一起
一起飘洋过海
七个仙女和一个涉世未深的小木偶

我没有那么幸运,我写不出另一个木偶奇遇记
七个姐姐,如七座粮仓
大地一片金黄
或者狼藉,我听见神在笑

## 八

神听不见我的笑
我的信仰
镰刀与斧头,红旗猎猎
粮仓,柴房,宫殿,城墙,明晃晃的太阳

我看见爷爷撸起了袖子
我看见父亲撸起了袖子
我看见兄弟撸起了袖子
我看见七个姐姐撸起了袖子

我继续在土里刨食
我有三万天
春秋继续,诗歌继续,赞赏继续
上下五千年

七个姐姐,我不敢妄自菲薄
打碗碗花开了
拍拍身上的尘土
三千里的除了路,还有云

# 第四辑 烙在心坎的情思

## 九

姐姐,我会乘风归去
生活不止眼前的苟且,还有远方
还有我为你写诗
还有梦,还有诗意的栖居

常常想起漆女
常常读起历史
常常竖起大拇指
常常地想,常常丢了自己

我的钥匙呢
一个两个三个无数个诗人在找
我要找到你
黎明晌午黄昏无数个子夜在找

莫说莫道不消魂
莫说高处不胜寒
莫说核桃的立场
莫说七个姐姐

## 十

一个生的伟大死的光荣
一个不为五斗米折腰

一个怒沉百宝箱
一个漆女

姐姐,你的长发掠过我的流年
姐姐,你穿过大半个中国去寻找春天的蝴蝶
姐姐,寻找一个樱花一样的女子
姐姐,你有你的方向,我有我的思量

姐姐,请取下我的骨头吧
我的骨头最硬
姐姐,请接受我的赞歌吧
我的赞歌最美

姐姐,北方有庙,其名孟庙
姐姐,北斗有七星,我是苍穹下的小石头
姐姐,战国有七雄,我是过了河不回头的小卒子
姐姐,七年之痒如七个姐姐,我是隔靴搔痒的小郎中

高家

胡同

# 喊月亮

生离,土地太贫瘠,抑或是太厚重
死别,爱情太执着,或者艾青偏爱飞鸟
生死两茫茫
我的偏爱又一次有了幻觉

古道,依旧难走,得走
古渡,依然难渡,得渡
古语,还是难懂,字字珠玑,像针
一样扎心

佝偻着,默默的、瘦瘦的那个女人
多么像锅灶前拉风箱的母亲
西窗外,花椒树下
晒辣椒的,莫非就是她的不舍

倦鸟归林,红脸的太阳多喝了二两
满地的金银花换好了过冬的食粮
扶着老槐树的影子,母亲假装
喊月亮,回来吧

# 今晚的月亮

故乡的阿妹
遥望
大寒之后的月亮
她的影子比铁轨还长

今晚的月亮
又大又圆又亮堂
劝导
身在他乡的游子

给我一个理由让我遗忘
故乡的忧伤
月光流淌
静谧的白马河泛着皎洁的光

一路西行
那是一段关于京杭大运河的爱情故事
北上的北上,南下的南下
钱塘江的大潮一年必须怒吼一次

## 第四辑 烙在心坎的情思

今晚的月亮
阿妹守在故乡
寸土不让
好让故乡的人啊不再流浪

故乡的魂啊不再流荡
好让那一颗颗赤子之心可以安放
今晚的月亮格外明
今晚的阿妹分外美

我要回故乡
不管变了什么模样
哪怕生命如此苍凉
总有一种力量促使我天天向上

今晚的月亮
我要为你歌唱
是你照亮了
八千里的云与路

## 回光返照

高家胡同,门可罗雀
拉拉秧挤眉弄眼
那几年,倒在她怀里的泥腿匠
不胜枚举

她的舅舅在教育局
看大门
那个年代
沾点关系就比菩萨还灵

再苦也不能苦孩子
争先恐后
争先恐后地进城
——如一群失去方向的麻雀

高家胡同的高老头
撞了南墙,也不回头
寒门出孝子,鲤鱼跳龙门
是什么在我的故乡又一次回光返照

## 爱情的庸医

吃药、打针、输液
症，由轻而重
咳，从天黑到天明

执迷不悟的爱情
好比患病的庸医
假装望闻问切

第四辑 烙在心坎的情思

## 未选择的你

你的爱到底是一种什么颜色
究竟我们还要经历多少磨难

佛说九九八十一难
可我只有七十二变

你说爱情还有三十六计
对于你,我无计可施

橱窗外的车水马龙
各有各的方向

十年之久的爱情马拉松
各奔东西

未选择的你
我喜欢人迹罕至的路

## 你的生日让我想起

今夕是何夕
我怎么可以忘记
何夕是今夕
好像过了几个世纪

这一刻,你没有回头
梅雨不约而至
手中的油纸伞
我已经举了三生三世

扬长而去,扬长而去吧
故乡的苦楝花开了
清香扑鼻
身在故乡,怎么成了一个异客

只是我们又长了一岁
只是我的爱情线太短
代沟,越来越长
我愿越来越长的生命线在你的手掌

第四辑 烙在心坎的情思

## 爱我吧，忧伤的眼睛

爱我吧，忧伤的眼睛
沉沦吧，沉默的太阳
灰鹤还在孟庙的上空盘旋
白鸽已经飞往有你的小城

爱我吧，忧伤的眼睛
放手吧，放飞的顾城
激流岛上的风，更冷，今夜更猛
唐王湖里的荷，更静，今晚更香

爱我吧，忧伤的眼睛
我仿佛见过你哭

决斗吧，拜伦
她走在美丽的光彩里
不，就连普希金都没有逃掉
该死的魔鬼，形影不离

爱我吧，忧伤的眼睛
伦敦的雾，犹如初看你时的扑朔迷离

第四辑 烙在心坎的情思

俄罗斯的雪,却懂我的孤立无援与乖戾
莫斯科从不相信眼泪

东京下雨,却淋湿了巴黎
一杯红酒染红一枚枫叶

爱我吧,忧伤的眼睛
那海里的,可是海的女儿
那瑟瑟发抖的,可是卖火柴的小女孩
谁能告诉我,天堂里可有车来车往

枯瘦如柴的小手,离太阳很近
皮包骨头的,不仅仅电影里才会出现
摇摇晃晃的,有阳光,有花香
如果允许,安插一个女诗人吧

爱我吧,忧伤的眼睛
嘴里塞满了食物,手里抓满了红玛瑙

怎么歌唱,怎么张扬
不要问我从哪里来
我的故乡,风吹草低见牛羊
和泰戈尔合影的徐志摩化作一片云

投入大明湖或者唐王湖的湖底
她的眼睛仍像贝加尔湖的水一样澄清

母亲不懂我的涂鸦
爱我吧,老舍最懂忧伤的月牙儿

春天,十个海子已经复活
稻草与铁轨,究竟哪个更沉

这个七月,我把灵魂交给你
我把忧郁交给
一个小郎中
黄柏、黄连、黄芩,交给疖痛瘰疬

这个夏天,我与李时珍结缘
我试着多情,试着邂逅李清照
爱我吧,她有一双忧伤的眼睛
天边挂着宋元明清时的月亮

## 我拖着麻绳缠绕的墓碑

我拖着麻绳缠绕的墓碑
在城市新开发的地带
漫游
像离家出走的人们,灵魂却无处安放
老村成了废墟,老村长成了一幅画
我在你的世界里扮演着葫芦娃的角色

打铁的小杰修补屋顶如伺候庄稼
谁糊弄地,地就糊弄谁
铁,谁还打
铜盆的老楚如一个雕塑,无人问津

进城、出城,各有各的道
是驴、是马,各有各的理
我拖着的墓碑,是一座贞节牌坊
我在城市里,寻找那个姑娘

第四辑 烙在心坎的情思

## 在这个薄情的世界深情地活着

你的过去
我不介意
怪就怪这个世界太薄情
怪就怪有红又有绿

怪就怪我们太认真
高贵抑或贫贱
火与雪,存在抑或毁灭
请你深情地活着

第五辑　一枝一叶总关情

四百年的流苏
几十岁的我
我们在一起

第五辑　一枝一叶总关情

## 花

花吗
我竖起了耳朵,听你
说一句恭维的话
可是,你的眼睛盯着孔大师的直播
一动不动

一动不动的,本是山
或是房
其实是温暖的家
金子的光
闪耀

手上的重量
往下压
黄金手铐
黄金脚镣
一样凄美

# 草

卑微,但不卑劣
一生的写照
专一,但不滥情
来生的追求

背上行囊,我一路向东
我总是强调自己两手空空
太阳拿来,做我夜间行走的灯
无论怎么空虚,我都不会一醉不醒

向东,是一座圣城
距今,两千余年
膜拜,但不盲目推崇
大地啊,我本草芥

夜色朦胧,我不愿与狼共舞
尽管我的祖辈,已被践踏
甚至被焚烧,比焚书坑儒还激烈
春风吹,春风吹又生

栉风沐雨,像爱莲者细细地说
一谢贫瘠
二谢木讷
三谢人之初的"性本善"

天空告诉我,头顶上的道路
河流指引我,脚底下的虚实
大雁掠过,对大地不屑一顾
蚂蚁爬过,对阳光从不纠结

第五辑 一枝一叶总关情

# 草 坪

绿了广场
小叶黄杨正儿八经的模样
隐藏在紫叶李叶片下的小蠓虫
准备孤注一掷

那个丑陋的家伙——蜘蛛
已经大功告成
阳光下的蛛网
正等待那些慌张的小精灵

那个丑八怪——乡巴佬诗人
可怜得只剩下蚯蚓
偷情的人比偷鱼的人还多
腥味充斥着地下

过街的人,老鼠想喊却喊不出来
绿灯把人行横道绿成了草坪
红灯被星星撞得支离破碎
在人间荒芜了春天

## 早 春

请原谅我,愤怒
源于鹰的翅膀
宁愿在大地上奔跑如废墟
废墟源于文明

榆木脑袋,适合做一只行走的木鱼
早春的榆钱像云
薄薄的云像她
丢失许久的绿裙子

请原谅我,故乡
从雨水里走向月光下的城市
我还是那个良心未泯的小郎中
不知道是推还是敲——那扇月光之门

伸出去的手,抓不回——故乡的冷雾
鹰在飞
白马河里的白鹳在洗嘴
她说我——榆木脑袋一个

# 春 雨

夜深了,江湖归于寂静
再多的刀光剑影也回不到我的青春

下雨了,风湿病又在作祟
我从故乡寄去的药,不知潮了没有

母行千里儿担忧,千年之前的那场春雨
最懂茅屋前的寸草心

北方的燕子,来了
听雨的诗人啊,眼睛起了雾

## 小城三月

城是小的
风是小小的
小小的年纪是小的
小小的名字是小小的

你来了,婀娜多姿
婀娜多姿如风中的细柳
你来了,笑容可掬
笑容可掬如瓶中的花妖

北方有陶,陶中有水
水里有你的影子
北方有庙,庙里有钟
钟里有你的声音

街是小的
雨是小小的
小小的温柔是小的
小小的理想是小小的

高家胡同

你来了,洞槐望月
洞槐望月如你的乡愁
你来了,古柏抱槐
古柏抱槐如你的乡情


北方有井,井底的那只青蛙
嘲笑我在小城的样子
北方有山,山上的那只白鸟
传递她在他乡的灵气


仰望北方,北方有你
你在月亮之上
飞翔
风把黎明的号角吹响


天亮就出发
揉揉惺忪的眸子
心爱的人啊
我恋上了一座城,小小的小城


徘徊孟庙
三种气流在松柏之间徘徊
行走孟庙
三种灵光在流苏之间流淌

日上三竿
拍拍单薄的皮囊
古老的城啊
我爱上了一个人,小城的小小

这是小城的三月
云在云层里穿梭
我愿采撷
一朵,送给故乡的她

这是三月的小城
人们在人群中丢失了钥匙
我在小城里丢失了小小的梦
小小的风

## 流苏花下

站在这里的,不止有我
那些慕名而来的游客
那些修学游的学子
那些白鹭与灰鹤

莫说春脖子短
莫道不消魂
莫言不曾与我擦肩而过
莫名其妙的想法,往往妙不可言

庙,不可言
我在仰望孟庙里的那株桧柏
九百年
九百年,我们才相逢

萍水相逢
萍水相逢的,往往一往情深
不要相信他的鬼话
也不要相信世上有鬼

高家胡同

四百年的流苏
上千年的孟府
几十岁的我
我们在一起,在一起

在一起,就足够
就这样站着
不说话,就十分美好
你看你的,我看我的

如云
似雪
如成千上万只的白蝴蝶
如她丢在青春里的白手绢

她丢下的,还有一个少年
一匹白马
后来成了一个王子
那时他还是个贫儿

她说她最爱流苏花
孟府里的
那时的他囊中羞涩
购不起一张门票

第五辑 一枝一叶总关情

可如今,站在流苏花下
她来与不来
花一样开
皎洁如鲁南的月光

余光中的乡愁
金庸的江湖
让我们陶醉在林徽因的四月
四月的孟府

四月的流苏
流苏的四月
春天就这样深了
深情款款

春天也是这样绿的
绿意盎然
春天更是这样香的
馨香四溢

树覆一寸雪,香飘十里村
站在流苏花下
我与你的距离不是咫尺天涯
而是天涯咫尺

那些指尖的流年

## 第五辑 一枝一叶总关情

静若处子
那些银装素裹
暗香浮动

当流苏遇上诗歌
当诗歌遇上我
当我遇上四月雪
四月雪是她的名字

为我盛开
花将成为永恒
我为花歌
坦坦荡荡的一生

# 秋 意

长夏,扬长而去
金秋,如约而至

羌活、防风、苍术
若有 5.76 亿像素的眼睛
你的心,我看不清

# 晚　秋

初次相遇,如初春
如初生的婴儿

再次邂逅,如盛夏
如盛开的玫瑰

又次之后,已入秋
我是她手里的碗

没什么了
叶子喜欢深深扎入泥土的根

## 哑然之秋

雅康的窗外,木槿花兀自招摇
法桐的叶上,阳光兀自照耀
风卷不起落叶
阿姨捡不起纸屑
红绿灯,哑然失笑

蝴蝶落在肃穆的小叶黄杨的肩上
我惊讶这个时节
这个小精灵
这个春天的舞蹈者
引导我们误入桃花岛

一不小心爱上你——蓉儿
一不小心撞见了黄老邪
我还不会降龙十八掌
我还没有遇见洪七公
我的怀里揣着——嫦娥仙子的玉兔

我喜欢秋天,至少没有狂风暴雨
狂风暴雨终摧折

高家胡同

老家的老房子表情肃穆
再也等不回那些潮湿的灵魂
声嘶力竭地喊，我又一次失声

第五辑 一枝一叶总关情

# 宁静的雪

怪就怪这场雪下得太轻
轻的惊不醒她的梦
怪就怪这场雪下得太小
小的盖不住夜的影

雪,雨的精灵
她让我等了又等
从春到夏,从夏到冬
小寒大寒,转眼间又是一年

直到她家的门前亮起了红灯笼
直到她家的羊圈静悄悄
直到红砖绿瓦
沦落成了废墟,奔跑的废墟

雪是白的,年是红的
她的眼泪是咸的
北岛说过,一切爆发
都有片刻的宁静

## 太原之行

### 一

千里之行,始于足下
太原之行,始于秋

### 二

春种,秋收
春华,秋实

春种一粒粟,笑问客从何处来
秋收万颗子,我从孟子故里来

### 三

北方有庙,其名孟庙
前三十年南下
中间三十年北上
后三十年与大地对话

三尺之上有神灵
三尺之下有石龟
上下之间
在人间行走、呼吸、交谈

四

日有所思,有光,有佛光,有金光闪闪
夜有所梦,有星,有琥珀,有银光闪闪

过济南,过德州,过河北,过太原南
千佛山、扒鸡、梆子、杏花村

在济南过夜,夜宿济南高铁站
有风,有雕塑,有秦朝的战马

有三人同行,三人行天下
有三人同梦,三人梦游

# 废墟之歌

## 一

奔跑的废墟
源于火
火助风胆,并非狐假虎威
风助火势,也不手下留情

如伏羲庙遗址
一干二净
除了擎天的纪元石碑
还有四海为家的石龟

我不敢触及历史的伤痛
我怕圆明园的繁华
亮瞎懦弱者的眼
我怕攥起的拳头沁出愤怒的血

闭塞,必然耳目不通
闭关,必然落后
落后挨打,从古到今不变的道理

我们何必逃避

二

奔跑的废墟,止于村庄
奔跑的人们,止于房屋
奔跑的牛羊,止于绳索
奔跑的尘埃,止于废墟

废墟,阳光
废墟,水
废墟,血口极深的双手
废墟,倔强的芨芨草

四面八方的风声
从四面八方蜂拥而来
小城好比一座鬼城
小村也是坟场
埋着爷爷与爷爷的爷爷

偏远的集市
没有高级技师
结绳记事
源于悬壶济世

三

我本布衣
绕了一圈、一圈、一圈

高家胡同

一圈就是十年
三十年河东,三十年河西

生于邹鲁大地
生于"贫下中农"
生我的母亲,斗大的字
——不识一个

我本愚钝
写了一遍、一遍、一遍
一遍就是山水
山不转水转,水不转山转

写于孟子故里
写于"风花雪月"
写着写着,夜就凉了
写着写着,邻家的姑娘嫁人了

## 四

村庄寂寞
十五个水桶寂寞
站在月亮上的那个人
寻找水井
七上八下

不止池塘里的浮标
呛死的不只有鱼
还有会水的邻居阿毛

鱼汤,味道鲜美
阿毛,卷入芦苇编织的席子
埋入荒地里
隔着一张网

母亲关灭了南屋里的小灯
一枚干枣晃了晃
刚刚入梦,却又挣扎出梦
母亲误把我当做了"文曲星"

五

传统,却不迷信
没有人比爷爷更懂行善积德
卑微,却不猥琐
没有谁比草更懂羊的体温

外公看我羸弱
赠我羊
从姥姥家牵回奶奶家
羊不说一句话

高家胡同

第五辑 一枝一叶总关情

路过地瓜地
羊误食了一堆棒子粒
羊在老槐树下
吐着白沫

吃了人家的,吐出来
听说,那户人家
那户给棒子粒下药的人家
她的小儿子也在吐白沫

六

嗷嗷叫,嗷嗷待哺
一个即将入土
一个刚刚满月
生与死

# 匡衡湖秋行

## 一

叶子绿时,我们感恩叶绿素
叶子黄了,我们感慨叶黄素
晚秋,行走于匡衡湖
寂静,归还人间

杨叶,串成串,有针尖委曲求全
有鱼,流连忘返
眉间拧成绳,有乡愁浓妆淡抹
有菊,恣意怒放

红果悬于藤
红叶挂于灌木
红心藏于胸
红比紫更火

一把火毁灭一座寺庙
一尊佛拯救一颗心
有因就有果
荒芜源于繁华,废墟源于文明

## 二

童年
在人间
我的大学
一去不复返

有叶落下来
有鱼浮水面
有白鸟望而止步
诸神渴了

有万吨月光藏于水
有万顷良田毁于流言
有物种绝迹
却有跳梁小丑——高高在上

竹子构成林
松子落于岩
柳暗交给水,水中有鬼
花明交给光,光里有神

## 三

北有葛炉山,山上有风,风向北吹
东有凤凰山,山上有凤,凤凰东来

第五辑 一枝一叶总关情

南有关帝庙,庙里有香火,香火冉东南
西有亚圣殿,殿上生紫烟,紫烟接西经

葛洪炼丹药
柿子红,如灯笼
匡衡凿壁偷光
月亮升,如龙眼

四

高家

有作家闭门造车
有诗人运动、健康、快乐
水太清而无鱼
水太浊则鱼翻白儿

胡同

鱼死,而网不破
鸟鸣,而虫不止
我不是那条漏网之鱼
敲着木鱼,向前向后向左向右

行走匡衡湖
向古人讨几碗水
恰巧一瓢
足以还清我三千弱水的情债

赴匡衡的前世之约

千年不长,铁树千年才开一次花
我等还乡的读书郎
大雪不远,大雪一年回一次故乡

第五辑　一枝一叶总关情

## 秋天的样子

秋天应该有秋天的样子
山下的枫叶努力变成我
喜欢的样子

昨夜的露
今晚的霜
没有什么故事可以念念不忘
再好的结局对她也是无关痛痒

皱纹被深耕
白色的喙
敲打着晚秋的小窗

我现在可以做的
就是结束
执念
木鱼也有月亮的样子

第六辑 家国情怀的承载

让我们以爱的名义
重整河山

爱在路上
春天也在路上

## 河 山

无论哪里的河山,都是中国的河山
无论哪里的兄弟,都是我们的兄弟

河山在,病魔袭城也不怕
兄弟在,浴火重生又如何

我愿蛰伏千年
换来武汉祥和景明的春天

我看见了中国力量
我看见了中国精神

# 又见高家胡同

一场意外
相遇是,相许也是,相濡以沫也是

我不怕一切牛鬼蛇神
只怕你的精灵古怪

我们终究被人们遗忘
好比人们被我们冷落

再深的伤口,终究会结疤
再大的干戈,也会化玉帛

我们总是找借口
远了低矮的胡同
远了颓废的土墙
远了矮小的母亲,直直的炊烟

又见高家胡同,老榆树光光了
多么像挂满生锈奖章的老校长

# 再回首

东故即将消逝,西故已成废墟
就这样把你忘记,我的老家
远走高飞的蒲公英,已在另一片土地扎根发芽
背井离乡的孩子,还有几个再次回首

故乡啊,你怎么让我如此忧伤
邻家的二爷,像一株霜打的茄子
再丑的毛毛虫,也会羽化成蝶
再笨的"结了龟",也会蜕变成蝉

飞舞吧,故乡从不记恨谁的遗忘
高歌吧,故乡也不嫌弃谁的喧闹
请把我那颗浮躁的心
移植给沉默的稻草人

月光不曾生锈,生锈的是我们的思想
是久坐生根的惰性,是挂在东墙上的镰
流水总会不腐,户枢总是不蠹
我像一头牛反刍,反复地咀嚼着往事

## 梨花口罩

街上已经买不到口罩了
我只剩下诗歌
如果诗歌也失去了免疫力
我还有最后的皮囊

如果皮囊也染上了病毒
请交给火
如果火可以让凤凰重生

我喜欢梨花带雨的春天
你看
一朵梨花就像一片洁白的云
一片云就像一枚洁白的口罩

## 第六辑 家国情怀的承载

## 逆行者

请允许我跪下来
春天的脚步近了
又一个逆行者
奔向武汉

一个又一个逆行者
奔向湖北,奔向武汉
请让我跪下来
原谅我的优柔寡断

盼着盼着
春天来了
一群又一群的逆行者
奔向九省通衢的武汉

来吧,一声春雷
来吧,一场春雨
就让我站起来
成为下一个逆行者

## 不要埋怨

果子狸,抑或菊头蝠
我们不要埋怨

怪就怪我们日益膨胀的胃
怪就怪我们贪得无厌的心

祖先让我们学会了用火
我们用火迎接光

古人让我们脱离了动物
埋怨让我们又成为动物

## 爱的积蓄

我对你的爱,就像母亲的荷塘
月光在荷花与荷叶之间流淌
每一次落雨
都是一次爱的聚积

我从不抱怨生活
哪怕雪上加霜
不放弃、不抛弃,哪怕一点点善良
所以雪中送炭

第六辑 家国情怀的承载

## 春天,还有什么没有复活

柳芽邂逅风
思想,向上升腾
如光
频频亮相

柳芽邂逅毛毛雨
复活
如迫不及待的灵魂
高高举起

柳芽进化成柳叶眉
胭脂涂抹光滑的鹅蛋
心
如鹅卵石沉浸在桃花潭底

风
得寸进尺
千娇百媚不及鹅黄的阳光
在春天里舞蹈

## 第六辑 家国情怀的承载

## 春天，谁也阻止不了

### 一

"你若安好，便是晴天"
我在梦里说了千遍万遍

年初，新冠病毒泛滥
果子狸与菊头蝠推波助澜

我站在风口浪尖
亲情、爱情，装进脑海，填入心田

异乡也是他乡
他乡亦是故乡

我要去武汉
哪怕悲伤逆流成河，我要成为逆行者

我看见封条，在城市与城市之间
我看见红灯，在路与路之间

我看见芽苞,在枝桠之间
我看见鹅黄,在杨柳之间

春天,春天就要来了
谁也阻止不了

二

春天就要来了
生命又要扬帆

"面朝大海,春暖花开"
远亲也好,近邻也罢,我们一起吟诵春天

生命比黄金还贵
比泰山还重
生命诚可贵

让我们以爱的名义
重整河山

给河山下一场雪
待日出,就像洁白的口罩

给街道下一场雨
待云开,就像透明的口罩

给故乡下一道密电
待回家,等春暖花开

看到故人,跑过去拥抱
看到鸽子,抛一个明媚的春光

爱在路上
春天也在路上

三

春天,谁也阻止不了
我从孟子故里千里迢迢奔你而去

武汉,我来了
我带来了纸与笔,带来了诗歌

我以诗人的名义
向你狂奔而去

武汉,我们来了
全国各地的逆行者来了

带来春天的消息
带来战胜疫情的希望

我们众志成城
我们万众一心

四

挡不住了
春天来了

春天来了
谁也阻止不了

来吧,听,一声春雷
声声春雷,阵阵春雷

把胆小鬼
统统赶回

把逆行者
高高举起

把春天还给武汉
把武汉还给春天

把母亲还给孩子
把丈夫还给妻子

# 第六辑 家国情怀的承载

把新绿还给大地
把美好还给春天

五

春天，你好
让绿在春天里奔跑

春天，你真好
让黄鹤楼更上一层楼

你用温暖融化了寒冰
你用温情俘虏了冷漠

你用温馨驱散了病毒
你用温柔抚平了伤口

这就是春天
挡也挡不住

这就是武汉的春天
——挡也挡不住的春暖花开

这就是珞珈山的春天
——樱花即将赴约而来

谁也阻止不了春天
包括冠状病毒

高家

胡同

◆

## 我们不停

公交停了，我们不停
商超停了，我们不停
亲爱的妈妈
请原谅我不能陪你过年

餐馆停业，我们不停
学校停课，我们不停
亲爱的女儿
请原谅我不能陪你学习

作为一名药店人
致敬那些逆行者
作为一位父亲
我愿意成为一个天使

守护在城市的灯火阑珊处
一爿小店也是一座灯塔
绵薄之力也是一种力量
我愿意成为神话里的雷神与火神

第六辑 家国情怀的承载

## 我们不一样

青砖,忍不住忍冬藤的缠绵,纷纷剥落
红瓦,禁不住啄木鸟的叩问,片片破碎

我们不一样
一个顺流而下
一个逆流而上

高家

胡同

## 我们有希望

魔鬼戴上皇冠
希望只是招摇撞骗
病毒肆虐春天
早晚都会魂飞魄散

我们有白衣天使
我们众志成城
我们有钟南山
我们有伟大的祖国

第六辑 家国情怀的承载

# 后 记

　　把序写得跟散文似的,好像风马牛不相及。把诗写得跟小说似的,就好比情深深雨蒙蒙的剧情。

　　李木生老师评价我写的散文:跳跃式的。
　　孙继泉先生鼓励我写的诗歌:一个高度。
　　写散文,小试牛刀。
　　写诗歌,兜兜转转。
　　散文像贤妻,诗歌若知己。
　　刚正不阿的性格注定了高家胡同——我的门前,门可罗雀,并非高朋满座。来来往往,零零散散。这样倒给了胡同长久的寂静,也给了我思考的时间。我思故我在——我喜欢像卢梭一样漫步、思索。我喜欢盯着一只"花大姐"看上一阵子,今天看,明天看,后天还看,仿佛我的任务就是看着它。

　　看着就好,我们不说话。有阳光从天宇照下来,有微风从胡同外鬼针草的叶隙间吹过来,有窸窸窣窣的声音从瓦砾下、从石槽底、从知了猴的洞穴里,钻出来,钻出来吧;爬上去,爬上去吧,像一只蝉,更像一个骄傲的黑马王子,迎风歌唱。

　　没有鼓掌与喝彩,孤掌难鸣是司空见惯的

事。孤枕难眠的结果自然是辗转反侧,但孤独如同灵魂,如影随行。

撑着一把油纸伞,独行在江南的雨巷,我多么希望——希望啊,逢着一个丁香一样的姑娘。我在屯溪的桥头,戴着一顶小红帽,我多么希望——希望啊,邂逅一个姑娘,丁香一样的颜色,丁香一样的芬芳,丁香一样的梦想。

春天来了,就开花。

黄色的迎春花、紫色的风信子、白色的栀子花,百花齐放,在祖国的怀抱里,热烈地绽开。

花开富贵,花开吉祥,花开就好!小小的花一朵,从矮矮的土墙上、从细细的青枝上、从散着油桐味的木门缝隙中,探出头来,像姑姑缝的春鸡在我的虎头帽子上打鸣,又像拉拉秧大婶编的竹筐捕捉到的小麻雀。小小的花一朵朵,像春雷吹响了集结号,雨后春笋般地钻了出来,像巧手的姐姐们绣的花。小小的花一丛丛,像美术老师画的画。

从高家胡同里走出来一个诗人,从两手空空到两袖清风,从空空如也到满满如风,诗人从不畏畏缩缩,敢于奋斗,撸起袖子,做一个有梦的人。

之所以取《高家胡同》为诗集之名,原因有三。一是诗集《我从孟子故里来》由中国文联出版社于 2017 年出版,诗集《左手孟子右手梦》由北方妇女儿童出版社 2018 年出版,《高家胡同》是我的"孟子文学三部曲"的第三本。从第一本书,我走出胡同,走出孟子故里;到第二本书,我在孟子故里,有梦有理想;到第三本书,我又回到胡同,初心不变,乡音未改。二是我喜欢在胡同里望云,我在胡同里生活了二十几年,相比望云与看山、看水,我更喜欢在胡同里望云。三是高家胡同崇尚读书的风气并不是太浓,而我完全因为爱好,一直与书为伴。

我如一只飞鸟,飞越万水千山,但求山河无恙,国泰民安。

高发奎<br>2020年2月6日